« Ce sont des villes... »

Arthur Rimbaud

collection dirigée par
Luc Decaunes

ISBN 2-903528-90-X
ISSN 0760-4572

ROUEN

Philippe Delerm

ROUEN

CHAMP VALLON

C'est bien, le passage des heures, le passage des jours. C'est drôle et émouvant, cela trouble, enivre, fait frissonner. Parler du temps, compter le temps, à quoi bon ? Mais suivre le passage de la lumière, du gris au blanc, du blanc au jaune, du jaune au gris, comme cela, chaque jour, avec tant d'infinies nuances qu'il faudrait que chaque seconde ait mille secondes, et que chacune de ces mille secondes ne règne que sur quelques centimètres carrés.

C'est ce qui passe ici, ce qui se passe. C'est ce qui vient, puis s'en va, glissant le long de son ellipse.

Le vent du matin.

Le soleil qui brûle à treize heures.

Le sommeil de l'après-midi.

La brume vers le soir, l'orage à l'horizon.

La nuit noire, le froid.

Les bruits, les odeurs vont et viennent au-dessus des jardins clos.

C'est ce qui se passe ici, ce qui passe.

J.M.G. Le Clézio.

LA CATHÉDRALE DE ROUEN
LE PORTAIL
HARMONIE GRENADINE

A la brasserie Paul, la terrasse d'été brille au soleil. Chaises de métal aux pieds lourds et galbés, tables rondes ; la blancheur éblouissante n'évoque pas ici le côtoiement fébrile ni la consommation précipitée, mais le sérieux dans le plaisir, l'ampleur d'une distance confortable, le sentiment rafraîchissant d'un espace social pour déguster la solitude. Devant moi ce grand verre de grenadine à l'eau, une carafe, et tout l'après-midi à ne rien faire. J'ai bu presque d'un trait le premier verre. Celui-là ne m'intéressait pas. Le sirop lourd en volutes suspendues demeurait opaque, d'un rouge de rubis profond bienvenu sur le blanc de la table, agréable à la soif, un peu sucré peut-être. Mais j'ai laissé bien assez de sirop pour emplir à nouveau le verre, et le second déjà me prend dans son début de transparence plus légère. Je le rapproche de mes yeux. C'est un kaléidoscope inverse, qui donne au décor découpé cette couleur uniquc, étrange, de l'instant fragile suspendu. Dans l'océan de grenadine pâle à l'eau glacée, je vois danser une cathédrale rose, si paisiblement engloutie. Les flèches, les statues et toute la dentelle des chimères semblent se diluer dans des contours émoussés, arrondis ; une douceur romane a gagné l'envolée gothique, et le contraste ombre-soleil en camaïeu rosé l'emporte sur l'acuité du dessin. Au jeu de l'apparence apprivoisée, c'est la lumière qui domine.

La lumière. Un peu à droite de la cathédrale, je suis juste à l'endroit où se tenait Claude Monet il y a cent ans. Le portail et la tour d'Albane le fascinaient moins par eux-mêmes que par l'infinie succession des nuances de la lumière au fil des jours, jouant sur la pierre déchiquetée ; pour lui, tous les détails moyenâgeux, tout le réalisme onirique des motifs démoniaques s'effaçaient sous la coulée de l'heure neuve. Vingt toiles en sont nées. Leurs titres marquent l'ambiguïté de nos regards sur le réel : *Le Portail, temps gris – La Cathédrale de Rouen, harmonie brune – Le Portail et la tour d'Albane, effet du matin – Le Portail, plein soleil...* L'harmonie brune, grise ou blonde, à chaque fois semble tenir le monde dans la fragilité d'un voile fugitif où le portail vient se dissoudre. Et cependant... Monet revenait chaque jour. A cet étrange rendez-vous d'amour la lumière n'est pas seule invitée. D'ailleurs, qu'aimerait-on, si l'on n'aimait aussi ce qu'elle touche et transfigure ? C'est la forme et le fond, bien sûr, mais aussi le mariage nécessaire du fugace et de l'éternel, du temps et du regard qui l'abolit pour l'inventer. Monet a peint des harmonies. Mais il a peint d'amour aussi le portail et la tour d'Albane.

Près de cent ans après, je me sens près de lui. Mon verre un peu plus pâle à chaque coulée neuve donne sa couleur changeante au plaisir de rester au cœur de la ville inchangé. Je n'habite pas à Rouen. Je n'y travaille pas, et ne touche par aucun point au jeu social de la cité. Mais pour moi c'est la Ville. J'y viens, passager clandestin, pour flâner par les rues, les places, de Saint-Maclou au Vieux-Marché, pour boire des instants qui conjuguent au présent le charme transparent du séculaire. Rouen garde pour moi cette virginité tranquille, et mes désirs y flottent vagues. Spectateur nonchalant, flâneur de tout, buveur de temps, j'y cueille lentement les heures et les saisons, sous le voile impalpable qui l'habille éternellement, des brumes de chaleur aux brouillards d'Angleterre.

Rouen. Une syllabe sourde, qui s'ouvre dans le rauque et se termine en une abrupte nasalisation. Un mot plutôt revêche, que seuls les méridionaux de passage font chanter un peu plus long. Rouen. Un mot à l'évidence malgracieux, refermé sur lui-même, confit dans ses pluies, qui tient du moyen-âge un parfum de brouet, l'idée d'une fadeur amère et d'un commerce rogue. Le mot gaulois Ratumagos s'ouvrait pourtant sur une ampleur sereine, un orgueil apaisé, en courbe de méandre patricien. Mais il a perdu trois syllabes au fil des siècles, et la dernière garde son pouvoir, malgré un abord peu amène – comme si la fierté superficielle du passé avait fait place peu à peu à une ostentatoire modestie.

Rouen. La rudesse n'est qu'apparente, et la sonorité compacte n'en évoque pas moins tout un jeu de valeurs, de couleurs et d'images. C'est un mot très français ; il en a la poussière et la majesté. On dit « brûlée en Place de Rouen », pour le goût de l'Histoire et de la syntaxe passée ; « le vieux Rouen », c'est le côté porcelaine art de vivre raffiné ; beaucoup plus près de nous, l'expression « Grand Prix des Essarts à Rouen » désigne une compétition automobile, mais le motif décoratif « des Essarts » lui donne une envolée forestière très grand siècle.

Rouen... roue, rouet : les hommes vont au bout de leur folie, jusqu'au supplice : pendant ce temps, les femmes filent. Rouen. On entend rouir, aussi, le verbe d'un artisanat descendu du compagnonnage pour évoquer les fibres de lin bleu trempées dans l'eau, et peut-être déjà ces velours de coton qui firent au dix-huitième siècle la fierté de la ville.

De l'étoffe et de l'eau. Etoffe des marchands, des noblesses de robe. Brocarts, velours, voiles du port, commerce industrieux, bourgeoisie satisfaite. Mais l'eau, surtout, la Seine et les pluies éternelles. Rouen : pourquoi le nom est-il déjà de ce gris cendre de l'averse ? Pourquoi la pierre est-elle ici couleur de pluie ?

C'est un mot sûr de lui, qui transfigure en un voile flatteur les fumées des usines et les poussières d'eau. C'est un mot refermé sur sa propre magie, dans le creux d'un méandre, et qui ne rêve plus de mer ni de Paris. On marche dans la ville et l'on entend l'écho lointain d'un secret vague et blond dans la douceur et l'âpreté de sa syllabe solitaire.

LE GROS HORLOGE
UN SOIR D'OCTOBRE
HARMONIE D'OR

Les villes inventent leur lumière, et quand elles sont très douces, elles inventent leur temps.

Il y a souvent dans les vieilles maisons un gros réveil à oreillettes au tic-tac pacifiant. On ne sait pas vraiment le champ de son pouvoir, mais sa vibration familière emplit l'espace, et traduit le rythme des jours, les parfums de cuisine, le calme de la sieste. C'est comme un cœur qui bat pour souligner la vie, un écho rituel aux pas cent fois recommencés. Quand le battement cesse, on le ranime en tournant posément la clé d'un geste rond – c'est que le temps doit obéir.

Je marche rue du Gros-Horloge et je suis bien, ce soir, bien comme dans un vieux jean de velours, bien comme dans une de ces maisons de province arrêtées pour toujours à la fin des vacances, aux premiers rouges de l'automne. L'heure d'hiver nous a rendu dès le début d'octobre le charme des soirées qui commencent très tôt.

– Déjà la nuit !

L'heure bleue des lampes qui s'allument dans la fin du jour s'est estompée dans un noir plus profond. Presque huit heures, et la rue s'ouvre peu à peu : les passants se font rares, longent les murs en marchant vite, abandonnent le centre du pavé. Les habitants des grosses métropoles ou de Paris s'étonnent ici de ces coutumes presque villageoises :

– Le soir, il n'y a plus rien !

Mais c'est ça qui est bon. Avancer par ces rues piétonnières tortueuses, quand le commerce a fermé ses néons. La lumière crue du présent s'est effacée ; d'autres lampes se sont allumées, oubliant le verre ou l'acier pour se consacrer à la pierre, à tous ces recoins étonnants qui surgissent de l'ombre entre les magasins.

J'avance vers le Gros Horloge en le regardant s'approcher. Dans la journée, le flux pressé des passants coude à coude vous oblige à garder les yeux à hauteur d'homme, à hauteur de vitrine. Mais là, je peux marcher le nez en l'air, mains dans les poches ; le « Gros » n'est plus une abstraction dans une rue vouée au négoce, mais le centre solaire et aérien d'une nuit de velours noir et chaud, inventée par l'éclat de ce centre évident, essence indiscutable du talent de la ville. Au dessus de l'arche de pierre surplombant la rue, le Gros Horloge est à la fois un rond et un carré, que l'on s'étonne à peine de retrouver, symétriques et parfaits, de l'autre côté de la voûte. L'idée du rond l'emporte : le centre du cadran est d'un rouge à la fois de céramique ancienne et de gelée cassis-groseille ; des rayons d'or frissonnent à la surface de ce four du temps. Deux autres cercles concentriques sur fond sombre nuancent un peu de majesté la lave de la vie : chiffres romains, le temps est fait pour être mesuré. Mais tout autour, le carré prend ses droits, en forme de cadre baroque, luxuriant, d'une surcharge vaguement orientale.

C'est trop, sans doute, mais j'aime bien ce trop. Le rouge et l'or se répondent ce soir pour inventer au centre de la ville la mélancolie sensuelle d'un automne de vigne vierge et de raisin. Ce soleil de la nuit flotte au-delà du goût ; c'est un soleil tranquille et niché dans la pierre, le miroir étonné d'une chaleur enclose au pays de la pluie. Je suis bien dans ces murs, comme dans la maison ancienne où le réveil mesure un temps docile à caresser. Depuis presque six siècles au cœur de Rouen, ce mouvement d'horloge à contre-époque distille imperceptiblement le sens de la durée sans quoi rien ne s'arrête, répand cette poussière d'or sur les pas inutiles, à boire dans les nuits d'octobre.

– J'écris un livre sur Rouen.

La phrase suscite autour de moi un vague étonnement, parfois un enthousiasme où perce un peu de réticence. Mes amis n'attendent sûrement pas un ouvrage exhaustif sur la faïence rouennaise ou sur le trafic portuaire. Mais je perçois chez eux cet infime recul, ce respect virtuel que je ressens aussi devant le concept de Rouen, et cette question sous-jacente : est-ce un sujet pour aquarelliste post-impressionniste ? Et même, plus absolument : est-ce un bon sujet littéraire ?

Les livres sur Rouen ne manquent pas. Mais les rapports de Rouen avec un ton proprement littéraire sont plus spécieux et plus confus. Un nom plane d'abord sur ce

Rouen littéraire, et le nimbe d'une transparente austérité : Pierre Corneille. On chercherait en vain la trace de Rouen dans une de ses tragédies. Pourtant, le lien entre l'écrivain et la ville flotte quelque part. C'est peut-être de savoir le réconfort que Corneille trouva dans son retour à Rouen, après la cabale du *Cid*, la trahison de Richelieu. Mais au-delà, le classicisme de Corneille, son apologie de la volonté, semblent s'inscrire ton sur ton dans la couleur de Rouen, dans son histoire, son message. La sonorité même du mot Corneille a quelque chose de rouennais, une authenticité tranquille que son neveu Fontenelle lui envie – la légèreté phonétique de ce dernier évoque déjà le salon parisien.

Les frères Corneille, Fontenelle : ces écrivains de Rouen sont pour quelque chose dans l'essence de la ville, non dans son illustration. Pour recevoir l'hommage qu'elle mérite, Rouen attendra le passage de Victor Hugo. Pas étonnant : le grand Victor est à la fois un fou du moyen-âge et de la marche à pied. Après Sainte-Beuve, son ami Louis Boulanger lui a donné le désir de Rouen. Le 23 juillet 1834, Hugo écrit à sa femme : « Tu sais quelle rage j'ai de voir Rouen. » Il ne sera pas déçu, comme en témoigne ce poème des *Feuilles d'automne*, dédié à Sainte-Beuve et Louis Boulanger :

C'est Rouen qui vous a ! Rouen qui vous enlève !
Je ne m'en plaindrai pas. J'ai souvent fait ce rêve
D'aller voir Saint-Ouen à moitié démoli,
Et tout m'a retenu, la famille, l'étude,
Mille soins, et surtout la vague inquiétude
Qui fait que l'homme craint son désir accompli.

Ce dernier scrupule situe bien le rayonnement suscité par le seul mot de Rouen. Hugo a longtemps porté cette ville en lui dans un « pays d'avant » de l'imagination, par crainte non de la déception, mais de la consommation du rêve.

Son hommage est toutefois trop solennel, hyperbolique et enthousiaste pour colorer réellement l'image de la ville. C'est ainsi : l'admiration objective ne nous touche plus. Il nous faut un regard, un éclairage, saisis dans l'instant, orientés, affectivement engagés dans une action qui dépasse le seul plaisir du spectacle. Et c'est Flaubert qui nous les donne. Ce fils de Rouen poussé à l'Hôtel-Dieu n'est pas un inconditionnel de la ville. Mais Emma Bovary prend chaque jeudi la diligence « l'Hirondelle » pour rejoindre à Rouen son amant Léon. C'est à travers un mélange de remords latent et d'abandon languide que la ville lui apparaît, comme un paysage intérieur :

« Descendant tout en amphithéâtre et noyée dans le brouillard, elle s'élargissait au-delà des ponts, confusément. La pleine campagne remontait ensuite d'un mouvement monotone, jusqu'à toucher au loin la base indécise du ciel pâle. Ainsi vu d'en haut, le paysage tout entier avait l'air immobile comme une peinture ; les navires à l'ancre se tassaient dans un coin ; le fleuve arrondissait sa courbe au pied des collines vertes, et les îles, de forme oblongue, semblaient sur l'eau de grands poissons noirs arrêtés. Les cheminées des usines poussaient d'immenses panaches bruns qui s'envolaient par le bout. On entendait le ronflement des fonderies avec le carillon clair des églises qui se dressaient dans la brume. Les arbres des boulevards, sans feuilles, faisaient des broussailles violettes au milieu des maisons, et les toits, tout reluisants de pluie, miroitaient inégalement, selon la hauteur des quartiers (...).

« Quelque chose de vertigineux se dégageait pour elle de ces existences amassées, et son cœur s'en gonflait abondamment comme si les cent vingt mille âmes qui palpitaient là lui eussent envoyé toutes à la fois la vapeur des passions qu'elle leur supposait. »

Voilà. Ce que le regard lumineux de Hugo ne nous donne pas, la perception sentimentale d'Emma Bovary nous le livre, parce que c'est une vraie couleur, un vrai regard, un tableau saisi dans un cœur, fût-il médiocre.

Rien n'est davantage Paris qu'un bout de quai par la fenêtre découpé dans l'épaisseur d'un rhume de Maigret, au début brumeux d'une enquête. Et rien n'est plus Rouen que ce chavirement de midinette d'Emma Bovary, au bord de sa coupable extase hebdomadaire. Les villes ne sont pas vivantes au-delà de la vie. Elles commencent avec nos regards.

LE MUSÉE DES BEAUX-ARTS
HARMONIE LYS ET ROSES

De vieilles dames anglaises en voyage organisé pépiant sous leurs chapeaux imperméables. Un gardien nonchalant échangeant des tickets contre des parapluies. Dehors, le square Verdrel, vert brillant sous la pluie. Le Musée des Beaux-Arts de Rouen, un mercredi après-midi, c'est juste assez de vie pour donner une touche familière aux salles solennelles.

Dans la salle des portraits peints par Jacques-Emile Blanche, on est un peu surpris, d'emblée, de découvrir autant de tableaux qu'on connaît ; un peu comme si l'on ouvrait un manuel de littérature, ou que l'on vous disait : voici l'original de Lagarde et Michard.

C'est assez fascinant, tous ces gens dont le nom suscite un univers ; l'image offre avec lui un décalage plus ou moins réussi, plus ou moins acceptable. Certains sortent amoindris du parallèle : Claudel, posant outrageusement, dans une attitude de taureau jetant des yeux mouillés de vache au ciel ; Morand, dont la bouche trop sensuelle déborde à son insu un regard qui ne parvient pas à dire l'essentiel ; Valéry fatigué – par le poids de son œuvre, ou par d'inutiles mondanités ?

Francis Jammes couperosé, Boylesve si fragile, Radiguet morbide, sur le point de quitter sa vie, mettent un peu mal à l'aise.

D'autres passent l'épreuve avec plus de talent, ou plus de chance, saisis à un meilleur moment de leur parcours : Gide, jeune et beau, regard inquiétant dans l'ombre d'un grand chapeau noir ; Max Jacob, sympathique et proche : on dirait que son nez va se mettre à parler. Et puis il y a Cocteau, un peu à part : c'est un portrait en pied, dans un jardin, à Offranville. Très jeune, de profil, incroyablement frêle, le poète, coiffé d'un chapeau fantaisiste, une canne à la main, semble malade au grand air. Au fond, une jeune femme traverse la pelouse, parallèle, et donne à l'écrivain tout un espace de silence solitaire, une mélancolie prenante, et si légère...

Cependant, dans cette salle de peinture littéraire, le portrait à mes yeux le plus parfait, le plus humain, n'est pas celui d'un écrivain, mais bien celui de Madame Emile Antoine Blanche, la mère de l'artiste. Peut-être y avait-il plus de tendresse au secret des pinceaux qui la peignaient ; mais l'idée vient aussi d'une plus grande sérénité, d'un plus parfait achèvement dans la vie de ce visage qui n'est pas celui d'un artiste, et dont la beauté, l'intelligence, ne cherchent pas de masque ou d'exutoire. Pivoinier blanc crémeux, coiffe et dentelle de même nuance, posent trois taches claires sur la simple majesté de ce portrait d'amour.

Le Musée des Beaux-Arts est très équilibré, riche de tableaux de toutes époques. Je traverse au pas de course les salles du seizième au dix-huitième, juste le temps d'apercevoir un pan de manteau bleu de Véronèse, trois visages oblongs de La Tour, et, par ailleurs, toutes les horreurs blafardes coutumières, aux cuisses épanouies dans les ruines. Je m'arrête un peu plus sur un sommet de l'horreur picturale : *Les Enfants jouant avec des fleurs* de Jean-Baptiste Monnoyer : deux angelots fessus, ventripotents, se vautrant sur des coussins bleu soyeux ; l'un d'eux a une fleur exquise épanouie à l'entrejambes.

Il faut longer encore des salles et des salles avant de découvrir ce que j'attends toujours au hasard d'un musée, le coup au cœur pour quoi l'on est venu, sans le savoir. D'autres tableaux l'ont préparé, en s'approchant de cette sensibilité qui me parle, pourquoi ? Dans une salle aux fenêtres surélevées d'école ancienne, la collection Depeaux offre la première « Cathédrale » de Monet : *Le Portail-Temps gris ;* des Sisley réussis, dont le minuscule pastel *Au bord du Loing,* et surtout *La Dame au balcon* d'Henry Ottmann : une jeune femme, accoudée à sa fenêtre, lit près d'une table dont les fruits, le vin sont pris dans le blanc de la robe, le bleu de l'air et le vert pâle du feuillage, à l'extérieur. Le tremblement de l'air est du meilleur Renoir, avec une rigueur à la Manet, un intimisme déjà de Bonnard.

Voilà. Je me retourne, avance, et sur ma gauche, dans la salle contiguë, cette présence tout d'un coup, cette presque rumeur : cela s'appelle *Roses et lys,* et c'est de Mary Mac Monnies. Giverny 1897 : la date et le lieu du tableau font rêver à des images et des ambiances familières. Mais pourquoi celui-ci n'est-il pas plus connu ? L'enfant dans son landau de bois est saisie à l'instant où sa poupée va tomber sur le sol. Elle jette au spectateur le regard provocant et amusé de ce moment-là. Mais sa maman, surtout, emplit l'espace, au-delà de l'anecdote minuscule d'après-midi chaude. Sa robe blanche effervescente retient tous les jeux confondus de l'ombre et de la lumière ; et son visage doux, penché, les yeux baissés, dit la longue sagesse d'une intérieure beauté de l'instant. Elle donne l'été, puis s'efface. Tous les lys, toutes les roses qui la prolongent dans le jardin derrière elle chantent en clarté mineure cette confiance simple et claire, la volupté de l'abandon.

C'est un tableau très féminin par son sujet, par sa facture : je le chercherai donc en vain parmi les cartes postales proposées à la sortie, où l'on trouve pourtant un portrait de Renoir des plus ratés, mais pas le *Roses et lys* de Mary Mac Monnies : c'est un petit scandale.

Rive droite, rive gauche, à cheval sur la Seine, Rouen vue de très loin semble vouloir jouer à Paris. Au beau milieu du fleuve, l'Ile Lacroix pourrait compléter l'illusion. Il n'en est rien. Malgré le pont Corneille qui la franchit en lui donnant des miettes de passé, ce no man's land résidentiel, sportif et plutôt vert, ne prétend pas au rang de centre, et révèle d'emblée une modernité confortable, sans cachet particulier. Où est le cœur, alors ? Dilué dans les eaux de la Seine ? Non. Entre la Seine et Rouen, c'est de l'amour, de l'amitié, un frôlement nonchalant, complaisant ; car le fleuve longe la ville sans la traverser.

Comment ? Mais oui. C'est simple, en fait. Il n'y a pas de rive gauche. Nuançons : il n'y a pas encore de rive gauche. Certes, le nombre d'habitants, le dynamisme, la préfecture, et la radio, et la télé... Les arguments en cubes de béton restent impuissants : à Rouen, l'expression rive gauche est vide de connotations. Il y a là-bas beaucoup d'écoles et d'administrations, un centre commercial. C'est vrai. C'est tout.

Rouen pousse très avant la perversion, la coquetterie structurelle. Pour donner plus de prix aux charmes intemporels de son meilleur profil, elle revendique à l'occasion une autre image, non pas honteuse ni cachée, mais insipide et dénuée de sens profond. La rive gauche est là comme un écrin pratique et consentant. Très hypocritement, la rive droite encourage les balbutiements monocordes de cette fausse rivale trop insistante pour séduire. Un jour l'équilibre changera. Peut-être.

LE QUARTIER SAINT-MACLOU
SOIR DE NOVEMBRE
HARMONIE GRISE

Le quartier Saint-Maclou, quand le brouillard descend comme une écharpe d'Angleterre avec la fin du jour, c'est le fond de la mer. Tout devient cotonneux dans l'air buvard. Par cette douceur froide je marche lentement, en soufflant devant moi des nuages d'haleine aussitôt estompés. Brouillard de la Seine et du port, brouillard des pluies et des fumées, brouillard d'eau de novembre ; l'année s'endort, loin des espoirs et des remords. Marcheur du fond de l'eau, je dérive longtemps dans ce quartier que rien ne presse, rien n'attend.

C'est d'abord une église, aux lignes délicates, arrondies, chaudes. Loin de la majesté de la cathédrale et de Saint-Ouen, ce n'est plus un défi lancé contre le ciel, mais une oblongue merveille du quinzième, dont le chevet se mêle sans effort aux pavés des rues qui l'entourent. Des petites fontaines chantent au long des murs, et le portail s'ouvre sur une place piétonnière ronde et vide, livrée à l'errance tranquille des passants. Blottie dans la ville, l'église Saint-Maclou ne se détache pas, mais donne un peu de son charme discret à toutes les ruelles, toutes les boutiques nées à l'ombre de ses ailes.

Les premières lampes allumées dans quelques restaurants, chez quelques antiquaires, bleuissent imperceptiblement le gris de l'eau-brouillard. Mains dans les poches et col de veste relevé, je fais semblant de regarder les lampes d'opaline verte, en dégustant surtout la mélancolie délicieuse de cette plongée sans scaphandre. Rue Martainville, le long de Saint-Maclou, je m'arrête devant cette boutique aux volets de bois bleus fermés. Il y a quelques années, un vieux luthier de Mirecourt travaillait là. On s'approchait de la vitrine, pour une minutieuse collection d'instruments miniatures : harpes celtiques, lyres, théorbes, luths, cithares, de tous âges et de tous pays, rassemblés par amour des cordes et du bois. Au fond de l'atelier, le luthier accordait un violon. Dans son tablier bleu, il bougeait lentement, sans souci des regards. Un jour, je lui ai confié ma guitare éventrée. L'opération délicate m'a coûté trente francs, avec les excuses du réparateur, car malgré le vernis on pouvait déceler une vague cicatrice. Depuis, le vieux luthier est parti en retraite, mais on devine encore ses gestes rassurants derrière les volets de bois, et son aristocratie d'artisanat flotte quelque part dans le décor sans âge.

Quelques maisons plus loin, c'est la boutique des Beaux-Arts. Depuis la rue on voit le beau désordre des pastels, des fusains, des palets d'aquarelle. Les étudiants de l'école toute proche s'attardent dans cette ruche ambrée, et la vendeuse au doux regard usé derrière ses lunettes d'écaille plonge dans les tiroirs en merisier.

Le quartier Saint-Maclou possède ainsi des personnages à sa mesure, lovés dans la pierre du temps. Ils allument des lampes d'or au fond de leurs échoppes resserrées. Une vie simple, précise et rituelle est là, tout près. Je pourrais presque y pénétrer, respirer des effluves mêlés de bois, de soupe et de papier. Je regarde ces palais sages, et c'est très fort de revenir ensuite à l'espace mouillé de la nuit perdue dans la brume. J'avance vers le centre de la place. Les lampes tremblent, un peu plus pâles, et puis se noient. Je cherche un bout de ciel. Les tours de Saint-Maclou se perdent alors dans un vertige vague, comme les mâts d'un bateau pris dans le silence désirable et oppressant d'un voyage immobile, au fond d'une eau de laine et de fumée.

Quel était le visage des grandes villes normandes avant la guerre ? J'essaie de le deviner un peu, sous le manteau blanc froid d'un pansement de ciment lisse. Le Havre, Caen, Lisieux, Evreux gardent des richesses anciennes, un pan de vieilles pierres ménagées. Mais la couleur des murs y est de cet ivoire fade au long d'avenues rectilignes, de ces dalles uniformes découpées comme une gaze terne de l'oubli, de la blessure. Matériau d'après-guerre qui nous semble aujourd'hui la trace même du passage de la guerre, le long de ces immeubles mornes que l'on devait trouver modernes vers 1950, et qui ne sont plus qu'insipides, constructions de l'absence, de la mort dans la vie.

Rouen a souffert comme ses sœurs. L'incendie de juin 1940, les bombardements aériens de 44 ont laissé leurs marques : la cathédrale, le palais de justice, l'hôtel de Bourgtheroulde, l'église Saint-Maclou furent touchés profondément. Des fragments de quartier, parfois des perspectives entières, comme au bord de la Seine, ont pris ce visage blafard d'immeubles habillés de fibrociment. Pourtant, cette image ailleurs obsédante reste ici en deçà, en retrait de la ville. De même que les stigmates des bombardements donnent aux vieux monuments de Rouen une beauté de la mélancolie, de la fragilité, de même les quartiers reconstruits rehaussent les ruelles anciennes, les maisons à pans de bois. Rien ne peut disparaître désormais, puisque l'essentiel est resté malgré l'épreuve, puisque Rouen est assez forte pour gommer les outrages du banal.

Au cœur même de la ville, la cohabitation de l'ancien et du moderne semble aller de soi, au bénéfice du premier. Deux contrastes émoussés, deux mariages étonnants en portent témoignage.

Le Palais de Justice et le marché aux fleurs. Rien ne paraît réunir à l'avance ces deux univers contigus d'essences opposées. La cour du Palais de Justice impose le respect ; les passants s'y surprennent à marcher malgré eux d'un pas plus solennel sur les pavés. En levant les yeux, ils découvrent un invraisemblable déferlement de ciselure gothique : statues, statuettes, à l'infini enjolivées, rehaussées de motifs de pierre entrelacés. L'austérité de la vocation du lieu, quelques silhouettes d'avocats en robe, les petits carreaux cernés de plomb des fenêtres tempèrent un peu cette luxuriance aérienne. L'ensemble garde une préciosité de perle rare ; c'est un bijou de nacre enchâssé dans le centre de Rouen, avec ce qu'il y faut de richesse outrancière, d'ostensible flamboiement. Je quitte la cour du Palais ; les magasins de fleurs préfabriqués qui prolongent l'alignement devraient sembler dérisoires, factices. Mais non. De part et d'autre de l'allée ces bouquets d'immortelles, de roses nuancées, ces cactus aux fleurs minuscules si vives, dans les forêts d'aiguilles ébouriffées ; après la pierre, l'eau, les pétales légers : c'est une respiration très douce de la ville ; la fraîcheur d'un présent frêle succède à la dentelle de l'Histoire, et les deux font du bien, se laissent cueillir et goûter du même pas, dans une logique secrète qui s'apprivoise et ne s'explique pas.

Non loin de là, place du Vieux-Marché, c'est le même mystère. La moderne église Sainte-Jeanne-d'Arc a suscité d'abord bien des conversations. Sa ligne de drakkar très pure, de bateau renversé, l'envolée chaude de sa charpente intérieure se sont peu à peu inscrites dans l'horizon rouennais. Le talent de son architecte y est pour quelque chose ; mais au fil des années s'y ajoute confusément le talent même de Rouen pour transfigurer doucement. « Contenir, c'est la seule manière au monde d'approcher », écrivait Giraudoux.

Sur la place immense, le monument lisse à la Jeanne « sans sépulcre et sans portrait » s'inscrit sans heurt parmi les fondations de l'église Saint-Sauveur – les enfants jouent à cache-à-cache et se roulent dans l'herbe près des ruines. En face, les restaurants à colombages, débordant de géraniums, semblent d'une souriante austérité alsacienne, transplantée de Kaysersberg. Tout cela pourrait paraître disparate. Mais niché dans l'ombre navale de l'église, le marché couvert irrigue d'un sang vrai le cœur de cet espace composite. Le soir, pendant qu'on donne un office à l'église, c'est un bonheur de glisser dans cette ruche où l'on trouve, couchés sur la glace pilée, les rougets, les mulets, l'harmonie grise et rose des crevettes. Plus loin, c'est le rêche du bois léger des groseilles acidulées, de la peau des kiwis, le blanc mousseux des fromages de chèvre...

Fruits du présent, fleurs du présent, blottis contre l'Histoire. Couleurs, parfums, fraîcheur à déguster dans un écrin de pierre : Rouen a ses patios, ses jardins, ses fontaines secrètes où l'eau des jours jaillit, si bonne à boire et claire, dans le cristal de la mémoire préservée.

LE PORT LA NUIT
HARMONIE MAUVE ORANGE

La rue du Gros-Horloge en cette fin de samedi me semble trop offerte, tout à coup, trop animée de courants familiers, trop accueillante... Je descends vers la Seine. Par ce soir de novembre sans pluie, sans vent, ce soir où l'atmosphère est confinée, cotonneuse ; la texture de l'air a cette densité presque étouffante, cette oppressante immobilité d'un moment de l'année coupé du temps, blotti à l'abri des passages.

En quelques pas vers l'eau, j'ai senti la foule se dissoudre autour de moi, se disperser sur le parvis de la cathédrale, s'évanouir le long des quais. Sur le pont Guillaume-le-Conquérant, la vie s'endort dans la lumière : faisceaux des phares en mouvement tranquille entre les feux ; lucioles suspendues des bateaux, des immeubles, des réverbères rectilignes dessinant au loin les avenues.

Je descends vers le port. Je ne sais quelle force me pousse à franchir la frontière de cette zone obscure aux limites incertaines, de cet Anvers, de cet enfer, de cet envers de Rouen. Le long du fleuve, des grues tendent à l'infini des bras asymétriques, dont l'extrémité se confond avec l'acier mauve orangé du ciel. Mauve orangé : un ciel factice à la couleur de mauvais rêve, de cauchemar phosphorescent. Orange la lumière des grêles réverbères éclairant les quais ; containers empilés en cubes réguliers, dans les bruns, les verts pâles, des tons que la lueur réchauffe artificiellement pour les rendre plus rassurants ; trains de wagons en forme d'enclumes géantes, trains sourds, immobiles et compacts. Les rails sillonnent tout l'espace, et l'on ne sait plus bien d'où vont venir la peur et le danger.

Je marche dans ce nulle part sans rumeur, sans contours, où les bruits espacés viennent de bien trop loin pour être identifiés. La rue vers Petit Quevilly est mangée par le port : feux rouges reflétés sur les alignements de rails, portions de pavés gras noyés dans ce royaume inextricable où les fumées d'usine répondent au transit portuaire, dans l'infernale dialectique de ce monde clos. Tout l'invisible est stocké, transbordé, puis transformé, recuit dans des fours nocturnes effrayants. Les nuages usiniers, éclairés par dessous, emplissent l'espace de bouffées tièdes, et la lumière dégradée des projecteurs passe dans ce voile-champignon par tous les oranges et les gris jusqu'au mauve électrique marié au ciel de nuit. Sur les murs de béton, des lettres noires, des menaces, une violence abstraite et des slogans se mêlent à des mots incolores : Hangar 138 – Hangar 139 – Rouen terminal I.

Un plaisir étonnant me gagne, à avancer sans bien savoir si j'en ai le droit au milieu de ces rails, de ces cubes de fer, près d'une eau immobile, si noire et plate, silencieuse. Personne au long des quais. Au bout de quelque temps, une rencontre semble devenir impossible, cela devient hallucinant : toute cette volonté anonyme et nocturne travaillant, maîtrisant l'espace dans l'absence complète de désir humain. Et c'est curieusement d'une infinie douceur, sous l'écorce virtuelle du danger. J'avance dans l'orangé crépusculaire d'un sommeil enivrant, les yeux ouverts. Cela s'appelle Rouen aussi, c'est le Rouen de l'acier, des flèches enchevêtrées de métal froid dans le ciel faux, des feux crus nuancés par les vapeurs mauvaises, le Rouen cracheur d'un présent somptueux de perfection dans la laideur, au point de basculer vers une autre beauté, fascinante et perverse : l'enfer de Rouen fait semblant de se vouer au culte du présent, mais c'est encore du moyen-âge, la vénéneuse incarnation d'un mal tentateur et chrétien, à l'ombre mauve, veloutée, d'une chauve-souris luciférienne aux ailes déployées.

Ecossais bleu marine et vert. Vert chardon d'Angleterre, bleu de nuit, feu de bois, chaleur et froid, laine et velours. Entre la brume et l'éclaircie, les filles de Rouen ont choisi ces couleurs, un peu d'ailleurs, un peu d'ici. Marine et vert, entre Londres et Neuilly, entre les forêts rousses et les collèges tristes, l'écharde adolescence enfoncée dans le cœur, sous le sommeil trompeur de la bourgeoisie du silence. Un peu plus vert dans la lumière blonde, à l'été de la Saint-Martin, rue Martainville ; des robes passent et font rêver à des vies familières, à des odeurs mêlées de pommes et de meubles cirés. Sous le coton rêche et léger, le corps est un voyage de semaine, à la fois proche et si lointain, entre l'école de musique et le lycée. Un peu plus bleu, quand le brouillard les prend rue Saint-Romain, dans les couloirs de pierre grise, au fond du moyen-âge, – abolies dans leur long manteau, elles ne sont rien que l'eau de leur regard.

Un peu plus vert un peu plus bleu, images d'hiver et d'automne. Les filles de Rouen sont de cet écossais pour moi, de cette étoffe de mystère sobre, pour la chaleur du bois, le froid des brumes, pour des voyages immobiles dans les livres, les cafés, le long des places et des parvis. Ecossais bleu et vert, étoffe douce aux lèvres de la pluie, au silence des pierres.

EAU DE ROBEC
HARMONIE DE PLUIE FROIDE

« La rue Eau de Robec, ignoble petite Venise »

Flaubert.

Eau de Robec, il pleut, d'une pluie de septembre étonnamment froide et longue au sortir de l'été. Eau de Robec : un nom rugueux pour se plonger dans l'eau glaciale du passé. Les pieds mouillés, sans parapluie, j'avance avec une lenteur masochiste dans ce royaume en forme d'entonnoir inquiétant, dans cette veine bleu acier du cœur de Rouen.

Malgré tous les ravalements, les remises en état, les résurgences organisées du ruisseau d'autrefois sur des dalles tranquilles, l'idée de miasmes et de pourrissement flotte encore dans l'air sourd. C'est une rue piétonne comme était piétonne la Cour des miracles, avec ce pressentiment d'une menace informulée dans la vieillesse même du quartier, dans la rumeur de ses fantômes.

Ici, le magasin d'antiquités côtoie la boucherie, et gagne en authenticité ce qu'il perd de rassurante bourgeoisie. Ici, *Les Trésors du passé* s'étalent à côté d'un sex-shop austère aux murs aveugles. La très désuète bureaucratie de l'*Union des locataires* succède à un salon de thé britannique aux lampes douces allumées dans l'après-midi.

Ma marche lente sous la pluie n'est pas de mise, et je croise derrière les vitrines des regards interrogateurs. C'est vrai que je suis presque seul à arpenter sans me presser les pavés détrempés, à affronter la pluie oblique qui me dégouline dans le cou. Devant une brocante, un sofa éventré invite narquoisement à s'étendre près du ruisseau. C'est drôle d'imaginer qu'autrefois l'eau du Robec jouait à l'arc-en-ciel, virant dans la même journée du rouge au bleu, du jaune au vert, du noir au violet, au gré de toutes les teintures. La rivière aujourd'hui réapparaît sage et canalisée, à fleur de sol, dans une transparence un peu miraculeuse où dort le secret des cotons, de la richesse d'autrefois.

Aux façades des hôtels et des maisons, la laideur la plus noire se mêle à la beauté la plus civilisée. Hautes demeures des teinturiers et des drapiers du dix-huitième siècle, aux greniers ouverts abrités sous une toiture débordante ; en levant la tête, je vois ces terrasses ceintes de rambardes de bois sombre, terni au fil des ans. Là-haut, les pièces de coton multicolores séchaient, tendues au-dessus de la rue au bout de perches, par les jours de beau temps. Rouen devenait une Italie gonflée de vent, d'opulence et de pauvreté confondues ; les *rouenneries* flottaient, pavois d'une vie foisonnante. Les pièces des hôtels avaient des noms d'artisanat fébrile : trameries, ourdissoirs, des mots qui se sont estompés comme les couleurs du Robec, se sont délayés doucement jusqu'à l'évanescence.

L'eau du ciel, l'eau du sol se confondent à présent dans un gris de miroir et d'averse. Je m'aventure dans des recoins tentants : le passage de la Petite-Horloge est délicieux, avec sa pendule vert pâle en retard sur le temps de deux minutes – une éternité. Les rues croisées ont des parfums de France ancienne endormis dans les mots : rue du Pont de l'Arquet, rue du Ruissel... Flâner sous la pluie froide à l'angle de la rue

Eau-de-Robec et de la rue du Ruissel ! La pierre disparaît sous le voile de l'eau.

J'avance, et la rue se resserre, se noircit. Les hôtels sont les mêmes qu'au centre le plus chic de Rouen, mais ils se font de plus en plus lépreux et insalubres : du linge pitoyable tente de sécher aux fenêtres. Après la rue d'Edouard Adam « le cotonneux », le quartier bascule au bord de la misère. A l'angle de la rue du Pas-de-Gaud, un vagabond urine contre une barrière de chantier. Dans le désert mouillé de cet après-midi de silence et d'ennui, la Venise infecte qu'évoquait Flaubert s'est métamorphosée en mélancolie froide où flotte une odeur de salpêtre. Je me sens traversé, imbibé, prisonnier.

Je m'arrache à la rue. En quelques pas de traverse au hasard, je me retrouve au centre d'une place chaude, où les races se croisent, sur les trottoirs étroits, dans des magasins pleins de bavardages et de couleurs. Une boucherie musulmane, avec un samovar au milieu des quartiers de viande, la Maison du vin, la boulangerie de la Croix-de-Pierre. Les lampes s'allument déjà, précipitant l'effervescence des courses du soir. A la Croix-de-Pierre, l'épicerie déborde de choux-fleurs, de cerfeuil, de céleri en branche ; je ne sens plus mes pieds mouillés, j'oublie la lèpre et le luxe mêlés du gris trop froid, de l'eau trop pénétrante.

Eau de Robec, le nom s'endort en moi comme l'après-midi dans la douceur du soir ; je gomme un peu, j'estompe les contours ; sur l'âpreté des pierres pourrissantes, je mets de l'aquarelle et beaucoup d'eau.

Connaissez-vous les tableaux d'Anton Pieck ? Une vie surabondante y coule par les rues des villes de Hollande. Les badauds se réchauffent à longer les vitrines. Dans la rue, c'est la brume, un gris cendré de novembre ou décembre, ou bien déjà le bleu indigo de la nuit. Dans les boutiques, en contrepoint, tout est ambré, doré, des livres sous les lampes aux oies rôties, des fouillis de brocante aux rutilants bocaux des confiseurs.

Une fébrilité d'avant Noël fait partie du décor. Il y a l'idée de fête quelque part, l'idée de luxe aussi. Tous les passants ne sont pas faits pour pénétrer dans toutes les boutiques, mais ils en goûtent les couleurs et le fumet ; nordiques César de Bazan, ils savent bien que le plaisir flotte au-dessus de sa consommation.

Rouen est une aquarelle d'Anton Pieck, un roman de Dickens. Par le brouillard, le froid dehors, par l'opulence des boutiques, la Hollande, l'Angleterre, s'y sentent bien chez elles, avant Noël. On n'entrera pas chez le chocolatier somptueux dont la vitrine mêle un vert d'amande tendre aux bruns des chocolats amers, chez le traiteur où tous les camaïeux de rose semblent marquetés, oblitérés par un inaccessible liseré de truffes, chez ce marchand de vins moitié miel et moitié rubis, Glasgow et Pomerol, Pommard-velours de théâtre italien, et whisky pur malt de tourbe et de bruyère. On restera dehors, et ce sera le luxe le meilleur, celui de la vitrine, écharpe sur les lèvres. Toutes ces images chaudes au-delà de la vitre se dégustent à minuscules bouffées froides, dans le remue-ménage bon enfant des rues piétonnes. L'ombre a des relents de moyen-âge, et la lumière une richesse lourde, inventée seulement pour le plaisir de ceux qui ne l'achètent pas, goûteurs voluptueux de la brume et de l'or, sourire aux lèvres, pas légers.

AÎTRE SAINT-MACLOU
HARMONIE CLAIRE OBSCURE

Rouen berce dans ses murs la mort au centre de la vie, enclose dans la ville. Mémoire de la mort de Jeanne d'Arc flottant un peu partout comme un remords, comme l'incarnation inévitable d'un péché originel qui fait de tout plaisir goûté dans les ruelles un plaisir défendu. Mémoire de la mort dans la présence même du passé, dans l'âcreté insaisissable du charme d'autrefois le plus léger. Mémoire de la mort aussi moins souterraine et plus palpable : mémoire de la mort provocante et baroque, infernale et chrétienne, démoniaque et hurlante, la mort de moyen-âge au baiser de peste noire, au rire hallucinant de faucheuse endiablée.

C'est cette mort allégorique qui flambe au cœur de chaque pierre de l'Aître Saint-

Maclou. Quatre heures à peine, et l'après-midi de février penche déjà vers le soir ; c'est peut-être la clarté sourde de ce ciel de neige ; mais cette cour rectangulaire dégage aussi sa propre obscurité, son propre étouffement de la lumière.

Charnier, cimetière, ossuaire : ce sont les mots crus et troublants pour nommer cet endroit que le nom d'aître ne détient qu'en apparence – on est bien loin ici de l'atrium romain, si ce n'est par l'idée d'une cour intérieure. Mais on se sent à l'intérieur, c'est vrai, au plus secret d'un passé inquiétant. Ailleurs depuis longtemps la neige a fondu sous les pas. Ici, au centre de la cour, elle est restée, mêlée déjà à cet envoûtement des murs, au noir message des sculptures. La neige au centre de la mort donne à ce rectangle hors du temps plus de mystère encore, plus de solitude – où est la rumeur de la ville ?

L'été, il y a des géraniums devant la loge du concierge, mais aujourd'hui rien que cet égouttement des arbres nus. En m'approchant des bâtiments aux pans de bois, je me sens pris par l'hypnotique pouvoir de ces sommiers en frise, à hauteur de regard : têtes de morts, clochettes, bénitiers, ossements, croix, et sabliers aussi, car l'image du temps ne peut se dissocier ici de sa condamnation inéluctable. Je passe d'une image à l'autre au long des murs à la pierre noircie, en suivant ce collier macabre fascinant. Sur les piliers, d'autres sculptures se sont effacées, mutilées par les guerres religieuses, les révolutions. Mais sous les moignons gourds, on sait que se cache un théâtre maniaque aux scènes naïves et troublantes : démons entraînant aux enfers moines, évêques, chevaliers, le mal dans une fête assourdissante l'emportant sur les velléités du bien. Dans l'étage supérieur aux allures de grenier sage, on entassait les crânes, les ossements venus du cimetière. Car tous les aspects de la mort se réunissent ici : le commerce banal des corps, le cynisme des fosses communes, avec, en écho paradoxal, les représentations torturées, les flammes de l'enfer léchant les plus froides consciences.

La neige et le silence préservent et atténuent en même temps l'irradiation fantomatique. Mais des lampes s'allument, chaudes dans les salles, et font soudain la neige un peu plus bleue. Des silhouettes jeunes en blouse blanche apparaissent, incongrues et légères, invraisemblablement blondes. Un blanc de plâtre, de pierre neuve à travailler, de papier à dessin rêche immaculé, s'installe sans effort dans le noir moisi de la pierre, et donne moins de drame au blanc-bleu de la neige. Tout bascule en quelques secondes, et c'est le cadre trop parfaitement morbide qui se fait bientôt exagérément ostentatoire, déplacé. L'Ecole des Beaux-Arts installe chaque soir dans cet espace de la mort une vie rituelle éclaboussant de rires et de projets les menaces moyenâgeuses.

Juste avant l'Aître Saint-Maclou, il y a un porche, un banc où je reviens m'asseoir à l'abri du froid et du vent. Je garde ce tableau de clair-obscur à la Rembrandt découpé par la porte : les lampes allumées laissent à l'obscurité sa densité secrète, mais le blond et le chaud flambent tout doucement dans l'ombre de la mort sur la neige adoucie d'un soir de février.

Le printemps à Rouen n'a rien de sûr ni de palpable. C'est une saison presque insaisissable, qu'il faut cueillir au jour le jour. S'il semble s'installer un soir du mois d'avril, il faut le respirer longtemps dans les rues ce soir-là : mai ne sera peut-être que fraîcheur, grisaille et vent. Ici, les projets de plein air semblent toujours audacieux. J'ai vu au mois de juin des comédiens frigorifiés jouer *Les Fourberies de Scapin* sur le parvis de Saint-Maclou, devant une poignée de spectateurs stoïques.

Pourtant, la ville est faite pour flâner ; elle a ce talent des places cachées, resserrées, des rues piétonnières authentiques – un talent d'autant plus manifeste qu'il reste souvent virtuel, c'est la faute du temps.

Mais quand avril veut jouer à la douceur, à la tiédeur, à la caresse parfumée...

C'est une tranquille explosion. La musique des conversations, le plaisir de rester dehors sans but et sans raison prennent un ton bien à eux, qui ne ressemble guère à celui des pays de beau temps régulier, de soleil raisonnable. Ici, dans les pas des passants, il y a comme une volupté d'étonnement, une fragilité cristalline, un raffinement supplémentaire.

Prendre un verre place des Carmes devient un art de vivre à la fois minuscule et important. La place des Carmes est peut-être l'endroit où l'on ressent le mieux ce besoin d'arrêter le temps. C'est un lieu un peu en marge, au centre du triangle entre Saint-Ouen, la cathédrale et Saint-Maclou. Enclose au milieu des merveilles, elle pourrait paraître fade, sans cachet particulier. Mais en avril, sous les tilleuls, en fin d'après-midi, la lumière neuve joue dans le vert tendre des premières feuilles. La terrasse du café est alors lycéenne, estudiantine, un rien bohème, d'une bohème passagère, très civilisée, et les chahuts vite avortés sont de ceux qui font naître un sourire tolérant sur les lèvres des plus âgés. Au centre de la place, des retraités jouent à la pétanque, concentrés, avec une méticulosité impressionnante. Flaubert en pied sur son socle surélevé les ignore superbement ; l'indifférence est réciproque. Quelques consommateurs offrent leur visage au soleil avec un espoir de bronzage, mais ce n'est pas vraiment le ton. Tout projet, toute emprise sur l'avenir semblent inutiles, dérisoires.

Place des Carmes un soir d'avril, le présent est possible, il faut le garder dans ses mains comme un ballon à l'hydrogène gonflé du seul désir de s'en aller pour rejoindre l'espace, et qui s'attarde un peu, si l'on ne serre pas trop fort, si l'on ne lâche pas le fil...

FAIENCE ROUENNAISE
HARMONIE BLEU COBALT

Il y a quelques années, quand on s'asseyait sur un banc dans le square Verdrel, on entendait le velours d'une flûte, une phrase de violoncelle. Bribes de musiques interrompues, recommencées, qui donnaient à l'après-midi entière et aux jardins un charme de répétition, comme si le spectacle de la vie dût commencer plus tard. L'hôtel de Hocqueville abritait alors le Conservatoire de musique. Les musiciens s'en sont allés ; l'hôtel, plus silencieux, subsiste, habillé d'un élégant mystère. On y trouve aujourd'hui le Musée de la faïence.

– Surtout n'oubliez pas le Musée de la céramique, les Rouennais en sont très fiers !

C'est un Rouennais qui me l'a dit, un éminent libraire qui plus est. Je n'ai pas mis en doute sa parole, et me voici devant l'hôtel de Hocqueville, qui s'annonce joliment par un petit escalier de pierre ; on a moins l'impression d'aller dans un musée sérieux que de faire l'école buissonnière, ou de pénétrer sans effraction dans un domaine défendu. Sur les pavés de la cour intérieure j'avance, un peu déconcerté, comme si j'étais venu par erreur sur le plateau désert d'un théâtre où l'on dût jouer une pièce de Marivaux.

Je garderai toute l'après-midi la sensation de divaguer à mon gré dans un authentique décor pour une pièce à inventer. Monter, descendre les étages pour le plaisir d'emprunter l'escalier chaud, de sentir la rampe de bois large sous la main ; coller mon nez à toutes les fenêtres, y dominer le square d'un côté, la cour de l'autre ; engager la conversation sur un ton dégagé avec un gardien qui s'ennuie pour se sentir un peu chez soi, voilà déjà de quoi musarder agréablement :

– Qu'est-ce que c'est, dans la cour ?

– Des mandariniers. Voyez, celui de devant, il a des fruits. Mais c'est le seul.

Vu du premier étage, ce petit carré d'arbres fruitiers précieux dans leur caisse de bois peinte en blanc est d'un raffinement japonais – mais c'est peut-être l'influence de l'orientalisme dans la porcelaine du dix-huitième siècle, car je jette aussi de temps à autre un coup d'œil à l'intérieur.

Je l'avoue : je suis un déplorable élève de musée. Hôtel de Hocqueville, je retrouve avec bonheur ce regard adolescent qui me faisait tout savourer du lycée, parce que je n'écoutais plus rien du contenu de son enseignement. Dans les musées, il y a des vitrines, il y a des fenêtres. Si les vitrines vous ennuient, les fenêtres deviennent merveilleuses. Ici, elles découpent à petits carrés grand siècle un paysage délicat dans la cour intérieure, à deux niveaux : d'un côté mandarines et pavés, de l'autre une pelouse bichonnée, flanquée de bancs pour penseurs nonchalants, pour des Rousseaux rêveurs, des Voltaires sarcastiques – les marquises en passant pouffent derrière leur éventail, et les philosophes rougissent comme des petits garçons.

Pourtant, j'ai regardé un peu les vases de faïence. J'ai gardé comme une belle image cet éblouissement des camaïeux bleus du dix-septième et du dix-huitième, influencés par Delft et par Nevers – l'idée me plaît de ce mélange de Hollande et de France profonde dans la matière même de Rouen, dans l'art et l'art de vivre. Les aiguières sont un peu solennelles à mon goût, mais un pichet, au col orné de lambrequins, m'a beaucoup plu. On y voit une échoppe ; une cliente, de dos, attend son tour ; deux hommes parlent de part et d'autre du comptoir. En haut, les fenêtres de la maison s'arrondissent et s'amenuisent avec la panse de l'objet. On y lit cette inscription : « A Limage de Saint-Thibault », sans bien savoir si l'apostrophe est oubliée, ou s'il faut prêter un autre sens au mot Limage – il y a souvent dans l'ignorance un rêve en plus, et mon érudition s'en tiendra là, ou presque.

Car j'ai appris aussi quelques secrets sur les matières et les couleurs, précieux butin pour un peintre de mots. Les faïenciers de Rouen utilisaient deux terres : celle de Saint-Aubin, forte, grasse, rouge vif, et la terre des Quatre mares, entre Sotteville et Saint-Etienne du Rouvray, alluviale, légère et sablonneuse. Il a fallu du lourd et du léger, du fort et de l'évanescent pour donner aux objets leur perfection fragile et leur identité. Les racines du Rouen faïencier retrouvent sans hasard la sève grasse et la poussière d'or. Mais la couleur, ce bleu de tous les tons sur les vases, les jarres, les bouteilles, c'est de l'oxyde de cobalt. Cobalt : un mot compact pour ce talent délicat, transparent : bleus mêlés, nuancés, des choses de la vie, des gestes qui les accompagnent ; bleu de faïence et bleu de la mémoire ; bleu présent, bleu passé, bleu éclatant de tradition fidèle ; bleu pâle pour rêver.

On peut monter sur la falaise à Bonsecours et dominer la ville depuis le point de vue célèbre aménagé à la courbure de la route. C'est vrai qu'on a de là un regard exhaustif sur le site de Rouen, couronne industrielle et collines arrondies, clochers et tours émergeant de la rive droite ; au milieu, la Seine où des canots avancent au ralenti comme des araignées d'eau. Cet excellent cliché pour livre de géographie a dû avoir son sens et sa substance, à l'âge où la photo n'existait pas. A pied, en diligence, l'image éphémère et fragile devait prendre un charme mérité. Elle me semble aujourd'hui presque fade, et surtout peu rouennaise. Par son ampleur, sa netteté, ce plan très général est un mensonge sur la ville, un contresens.

La structure de Rouen n'a pas à être éclairée, disséquée ; c'est en se noyant dans la ville qu'on en voit se dessiner les plus fidèles perspectives. Place du Vieux-Marché, le Gros Horloge vous apparaît de biais, curieusement surmonté d'une tour de la cathédrale. Au chevet de Saint-Maclou, la douceur, la perfection ronde de l'église se trouvent étrangement valorisées par l'arrière-plan d'un hôtel à colombages en surplomb sur la place, non seulement oblique, mais pansu comme un bourgeois trop bien nourri. Rue Saint-Romain le portail des libraires, rue Damiette la silhouette de Saint-Ouen, se découpent dans un coude étroit. Partout le rond, le courbe, le ventru se mêlent au rectiligne, au gothique, au dentelé. La pierre sèche des envolées ciselées y gagne en onctuosité, le gras rabelaisien des pavés, des ruelles y perd de sa canaille. Tout se succède et tout se touche dans l'oblique, l'arrondi, l'exigu ; les places mêmes s'ouvrent à la manière des clairières, au bout des sentiers tortueux semés d'embûches et de détours. Rouen n'a pas oublié : la vie est chaude et ronde.

RUE MARIE-DE-BEAUMONT
HARMONIE ROUGE OCTOBRE

Le brouillard s'est levé très tard, et le soleil d'automne s'installe dans le creux d'après-midi. C'est un jeudi. Pas d'enfants dans les rues, peu d'acheteurs, quelques touristes. La rumeur de la ville se fait plus légère ; quelque chose dans l'air est suspendu, au centre immobile de la semaine, loin des vacances de l'été, plus loin encore de l'hiver – tout se rassemble, rien ne fuit. Les écoliers sont à l'école, et les mamans promènent les bébés ; c'est bon, cette respiration ignorée de Paris, ce demi-calme fait d'habitudes reprises et de rêves au repos. Le soleil est très doux. Il va briller de quatre heures à sept heures, pour la sortie des classes et le goûter, pour un trajet-balade au sortir du bureau, le temps de dire :

– Quel temps ! Dommage de rester enfermé.

Mais en disant cela, on sait déjà qu'on en tient le meilleur. En automne, c'est l'idée du beau temps qui compte ; la vie ressemble à un tableau, qu'il suffit d'avoir vu pour le prolonger en soi d'un bonheur pacifié du corps.

Je marche vers le nord ; vers ces assises confortables de la rive droite rouennaise, collées à la colline et regardant la vie de loin. Passé le pont au-dessus de la gare, la rue du Champ-des-oiseaux monte soudain très raide, après l'école de notariat – c'est bien un cliché rouennais, cette idée de jeunes gens se préparant à devenir notaires. Partout, déjà, les murs débordent de vigne vierge rougeoyante. Feuilles d'octobre presque roses et translucides quelquefois, veinées d'un jaune pâle au creux de leurs nervures, d'une couleur si neuve, et si frêle à toucher. Rien ne saurait finir dans cette fraîcheur d'eau des feuilles de papier. Juste à côté, feuilles foncées, grenues, plus larges et rêches sous les doigts, feuilles très vieilles dames et qui meurent empourprées, recroquevillées, graves.

C'est un quartier d'écoles, où la brique domine, faussement austère sous le manteau d'ampélopsis. Route d'Amiens, un employé municipal au port de casquette décontracté attend pour faire traverser les enfants. Chacun dans le quartier semble le connaître, et le gratifie au passage d'un salut appuyé. Déjà la pancarte Bois-Guillaume. D'instinct, je prends la première petite rue à gauche, longe l'Ecole normale d'institutrices, et tout de suite après...

C'est là. Rue Marie-de-Beaumont. Je suis venu à la rumeur, à la couleur, et sans désir particulier, mais je sens que c'est là. Tout prend soudain la forme d'une enfance, la lumineuse perfection d'un endroit déjà vu, d'une autre vie, inaccessible et familière. Si l'on vous dit que Rouen n'est que snobisme et bourgeoisie gourmée, n'écoutez pas. Venez à pied un jour d'octobre jusqu'à la rue Marie-de-Beaumont, quelque part à la frontière entre la ville et Bois-Guillaume. J'ai découvert ce paradis, et je sais désormais que Rouen ne peut mentir.

Rue Marie-de-Beaumont, la voie étroite monte d'abord et redescend comme une piste de *scenic railway,* découvrant un pan désuet de colline-campagne. Rue Marie-de-Beaumont, les maisons sont exquises, un peu folles ; tous les gens aiment le désordre, les espaliers, les vérandas, les pommes abandonnées dans l'herbe, les haies compliquées mal taillées, les tourterelles sur les fils électriques, les sonnettes au grelot acide – car quelqu'un va rentrer, heureux de pousser la grille rouillée, le portail de bois de guingois. Les enfants vont jouer à cache-cache dans la lumière blonde des derniers beaux jours, on a bien le temps de faire les devoirs. Rue Marie-de-Beaumont, il y a des grands qui font l'amour l'après-midi, je crois, dans le silence des maisons, parce que la vie est faite ici pour ceux qui la mangent comme une pomme un peu acide, un peu sucrée. Dans la rue Marie-de-Beaumont passe un chat noir et s'ouvre l'impasse Marcel-Couchaux, peintre, 1877-1939, qui était sans doute un très grand artiste puisque son nom chante et s'endort dans ce décor.

Rue Marie-de-Beaumont, tant mieux si les jardins sont minuscules, il y a tant de recoins, tant mieux si rien n'est fonctionnel, la vie est une jolie fête, avec ce qu'il y faut de brocante inutile. Des gens sûrement riches habitent là, et d'autres presque pauvres, mais c'est bien plus que ça, un charme transparent pour les jeunes et les vieux, les enfants, les amants. Rue Marie-de-Beaumont, la rue monte et descend comme une France anglaise à cloche-pied, en mélangeant le bonheur des marelles et le talent qu'il faut pour arrêter le temps à l'heure du thé.

Rue Marie-de-Beaumont, tous les murs aiment la caresse d'un feuillage, et sous la vigne vierge flambent longuement dans le soir qui descend, dans un octobre rouge et large, je suis amoureux de Rouen.

Quai du Pré-aux-Loups. Avenue de la Porte-des-Champs. Rue Edouard-Adam-le-Cotonneux. Place de la Pucelle. Quand les couleurs se diluent dans l'espace, quand les contours s'estompent, il reste pour chanter Rouen la musique singulière de ces mots. Rue du Ruissel, rue des Basnages ; le secret de la ville semble dormir entier dans ces noms-là, pourquoi ? Ruissel, c'est l'eau qui va tomber du ciel ou sourdre du pavé, l'eau du passé dans la pluie du présent. Ruissel, eau de Robec, douceur de bruine et froide averse lancinante, mais le même langage de silence et de reflets, comme une traînée d'argent pâle. Basnages, c'est l'ambre confortable, la courbe moelleuse des fauteuils et des consoles, dans la lumière chaude des magasins d'antiquités. Des lampes basses éclairent les vitrines contiguës, où le décor semble installé pour qu'on vienne s'asseoir, et fumer à son choix la pipe il y a cent ans, deux cents ou davantage. On est dehors, il pleut ; on est dedans quand même, par ce mélange d'opulence et d'âpreté inscrit dans la texture de Rouen comme dans les syllabes de ses noms, les pieds dans le ruissel et la tête aux basnages. Regarder une lampe, ouvrir un parapluie. La volupté trop sucrée du dedans est toujours rafraîchie.

Les avenues les plus banales, les plus larges, portent des noms comme partout, d'une solennité presque anonyme, transparente : boulevard de l'Yser, boulevard de Verdun, rue Jeanne-d'Arc, boulevard Gambetta, rue de la République. C'est pour donner le change, jouer à la grande ville de province sans cachet. Quittez à peine ces artères monocordes et le vrai Rouen surgit, dans une surenchère de mots savoureux entrelacés d'impasses en ruelles. Toute l'onctuosité du Moyen Age est dans cette rue de la Tour-de-Beurre ; au bout, la cathédrale prend une douceur fermière ; la tour du même nom semble l'émanation d'une vie foisonnante, resserrée. Commerce et religiosité s'entendent à merveille : tout autour de la cathédrale, rue des Chanoines, Archevêché côtoient la rue des Bonnetiers : le drap des artisans semble fourré d'une abondance épiscopale en poil d'hermine. Plus loin, la rue de la Croix-de-Fer, la place de la Croix-de-Pierre tempèrent cette excessive sociabilité par une austérité glaciale, et des sonorités plus jansénistes.

Rue de la Savonnerie, sente des Maraîchers, rue des Tonneliers, rue des Charrettes... On est dans la rumeur et dans l'effervescence d'une vie traversée de bruits clairs, coups de marteaux résonnant sur les douves, imprécations, embouteillages d'attelages ; le trafic des autos n'efface rien, et le passé l'emporte : on regarde à travers les mots.

Rue de la Porte-aux-Rats, quai du Pré-aux-Loups, impasse du Renard. Les animaux sournois des fabliaux restent tapis dans l'ombre ; sous leur pelage fauve ou brun, l'imaginaire préservé du Moyen Age garde l'ambiguïté des peurs toujours vivantes, des fléaux, et des frayeurs à déguster dans les livres de contes.

Rue du Corbeau, passage de la Maladrerie, rue de la Poterne, on s'avance le soir comme s'il y avait encore un couvre-feu, des coupe-gorge, tout un réseau de malandrins disséminés dans les ruelles sombres. Mais c'est bientôt la rue de l'Enseigne-Renaud, le pont à Dame-Renaude ; la Cour des miracles s'efface et donne place à une honnête et ménagère courtoisie médiévale.

Les envolées linguistiques les plus lyriques ont l'élégante humilité de se vouer à la vie campagnarde la plus humble. Rue de la Mare-aux-Planches. Rue de la Ferme-de-la-Grand-Mare. Rue du Hameau-des-Brouettes. La particule joue son rôle aristocratique, et pare d'un talent léger les tâches les plus rudes et les lieux les plus âpres. On est en France, assurément, et davantage encore quand la rue d'Ecosse, l'allée Norwich ou la rue de la Pie-aux-Anglais viennent rappeler la proximité d'un monde britannique.

Filandières, Framboisier, Beauvoisine, Luciline, Merisier, Sablonnières, Saint-Marc du Figuier. La litanie se ferait florilège, à faire défiler tant d'harmonies, de musiques et d'images.

Ce sont des noms de rues, pourtant, des noms de pas, de rampes, de chaussées, de sentes, de chemins, de halles, de passages et d'impasses. C'est le vin de Rouen, ces noms voluptueux, fruités, et le talent qui les a faits les donne à boire sans en livrer le mystère. On peut quitter la ville et la garder, en répétant, un peu grisé, rue de la Fonderie, place des Faïenciers, passage Godalier, rue de la Pommeraye, chaussée du Petit-Gay, rue du Pont-de-l'Arquet, pas du Haut-Mariage...

Les mots caressent la lumière et s'évanouissent avant d'avoir cru la saisir. Brumes et brouillard, pluie et reflets, beaucoup de gris, un peu de rouge et d'or. Le rêve était si bon à flâner, à poursuivre. Il reste tout à dire, à marcher, à cueillir, à recommencer doucement. Je suis amoureux de Rouen.

Volumes parus
dans la collection « des villes » :
Paris, par Julien Green
Londres, par Bernard Delvaille
Annecy, par Jean-Marie Dunoyer
Genève, par Pierre Gascar
Buenos Aires, par Alicia Dujovne Ortiz
Lourdes, par Charles Le Quintrec
Venise, par Frédérick Tristan
Ostende, par Jean Dubacq
Le Caire, par Claude Michel Cluny
Lisbonne, par Pierre Kyria
Bordeaux, par Bernard Delvaille
Bénarès, par Yves Véquaud
Trieste, par Franck Venaille
Vichy, par Denis Tillinac
Tokyo, par Jean Pérol
Cherbourg, par Michel Besnier
Saint-Brieuc, par Maurice Le Lannou
Beyrouth, par Richard Millet
Nantes, par Paul-Louis Rossi

Rouen, par Philippe Delerm
Prague, par Petr Král
Marseille, par Francine de Martinoir
Dijon, par Pascal Commère
Montréal, par François Hébert
Barcelone, par Pierre Lartigue
Leipzig, par Michel Besnier
Versailles, par Pierre-Robert Leclercq
Bogota, par Alicia Dujovne Ortiz
Missolonghi, par Antoinette Jaume
Liège, par Vera Feyder
La Nouvelle-Orléans, par Jean Pérol

Philippe Delerm
est né en 1950 à Auvers-sur-oise.
Auteur de Sundborn ou les jours de lumière,
prix des libraires 1997,
et de La Première Gorgée de bière,
il vit et enseigne en Normandie.

CET OUVRAGE,
LE VINGTIÈME DE LA COLLECTION
« DES VILLES »
QUE DIRIGE LUC DECAUNES,
A ÉTÉ ACHEVÉ D'IMPRIMER PAR
L'IMPRIMERIE FLOCH
À MAYENNE
EN NOVEMBRE 2006.

DÉPÔT LÉGAL : JANVIER 1992
N° IMPRIMEUR : 66983

ÉCRIRE, PUBLIER, LIRE EN RÉGION RHÔNE-ALPES

Le dynamisme culturel de la région Rhône-Alpes se manifeste dans tous les domaines : théâtre, cinéma, musique, danse, arts plastiques, etc.

La vie littéraire est à la mesure de cette richesse et de ce foisonnement en cette région-carrefour où le commerce des idées et les arts de l'écrit ont une longue et brillante tradition.

Aujourd'hui plusieurs centaines d'auteurs et de traducteurs, des pôles de recherche universitaire particulièrement actifs, des dizaines de maisons d'édition, un réseau dense de bibliothèques et de librairies contribuent au rayonnement régional, national et international de la vie intellectuelle.

Depuis plusieurs années, la Région Rhône-Alpes soutient activement la production littéraire, la recherche intellectuelle et la conservation du patrimoine écrit. Elle entend ainsi favoriser le plus large accès aux domaines du livre et à la diversité des pensées et des écritures.

Le présent ouvrage est publié
avec le soutien du Conseil régional Rhône-Alpes

IMPRIMÉ EN FRANCE